百鳥衣與消失的文字

周蜜蜜／著

【序二】從物質主義時代回望昨天之必要

張煒（著名作家）

周蜜蜜已經出版了近四十部兒童小說，可見她多麼執著，創作力多麼旺盛。她對於兒童世界的癡迷，對於童年的嚮往，實在令人感動。作家保有一顆童心，一顆單純的心，可以對人生有更加深入的發現。作家對美的專注與探究，許多時候需要出自童年的視角、出於爛漫的童心。

兒童與苦難的並行，是這個世界最大的傷痛。我們不忍看

百鳥衣與消失的文字

目錄

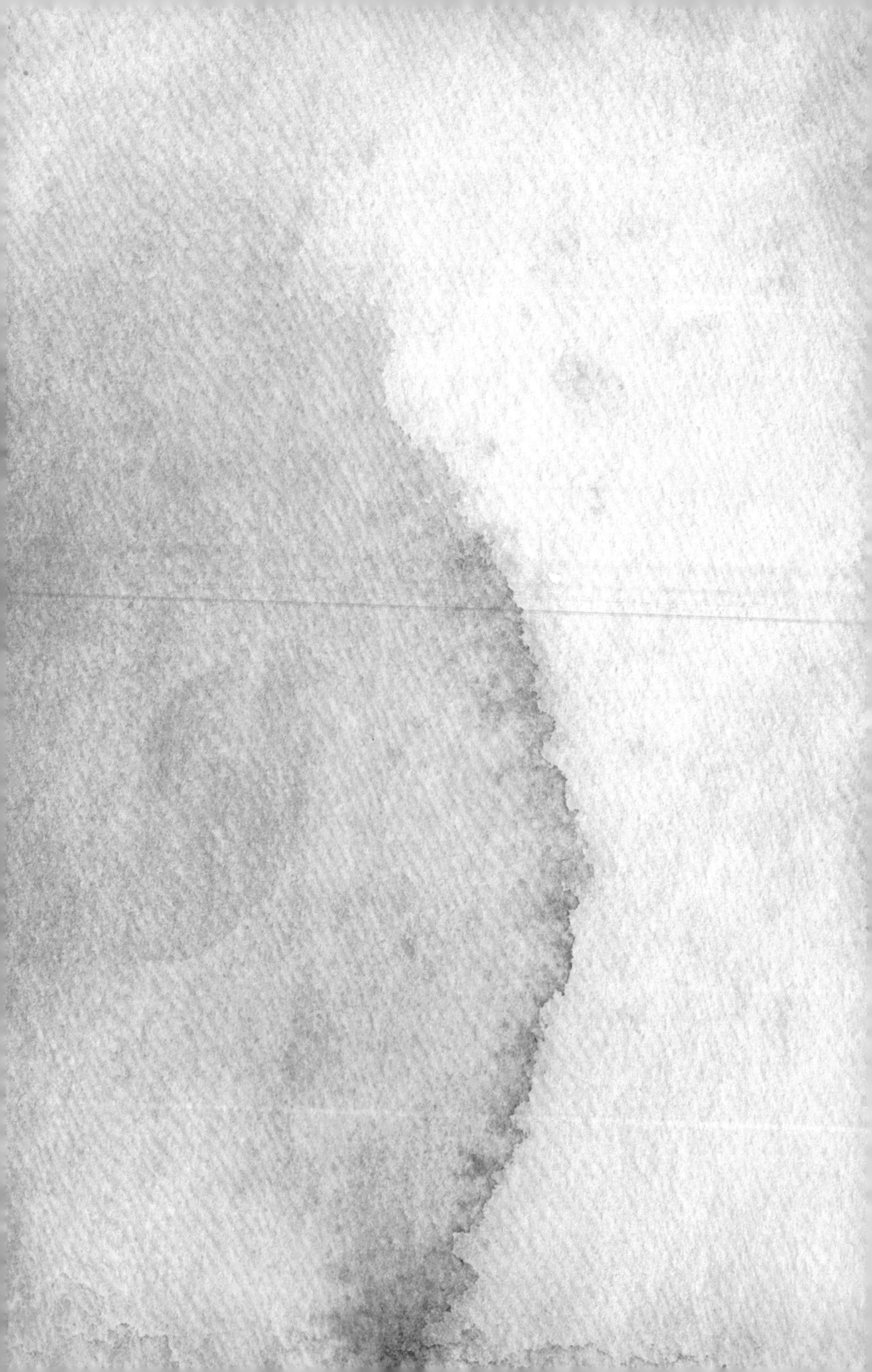

這是一個不很從前的從前的童話，

是每一個爸爸、媽媽和孩子都應該讀一讀的童話……

偷東西的喊捉賊

這個晚上，沒有月亮。

在這條巷子裡，看不見一個人影——當然，除了他們兩個之外，就只有那一杆孤零零地佇立在巷口的渾黃渾黃的街燈了。

微弱的燈光，把他們兩個人的影子拉得長長的，不時地還交疊在一起。

不經意地看過去，似乎是兩個男孩子在走動，雲恬兒和丁文光：頭髮剪得一般短，舊得發白的外衣，腰間繫的皮帶一樣粗，只是一個比另一個稍高一些、瘦一些，那就是丁文光馬騮[1]丁，走起路來一蹦一跳的，腳步也似乎更有彈性，要不然，怎麼會叫他做馬騮丁呢？相對的，恬兒的步子比較小、比較穩。如果走近了看，就會發現那一頭短髮下，有一張清秀的小臉——她其實是一個不折不扣的女孩子。

他們兩人沿著一堵大牆，一前一後地走到一道大閘門前。

「你走吧，我進去了。」恬兒掏出一把鑰匙。

「唔……我就站在這裡，看你進去了再走。」馬騮丁把雙手插進褲袋，站在一旁。

「有什麼好看的！黑咕隆咚，院子裡的桑樹還沒結出果子呢！你走吧。」恬兒邊說著，邊把鑰匙插進匙孔裡。

「我不進去，就看著你怎麼爬上樹屋。」馬騮丁站在原地不動。

「哎呀，死火[2]！」恬兒叫起來。

---

1 猴子。

2 完蛋的意思。

「怎麼了？」馬騮丁把手從褲袋抽出來，走過去。

「該死的！他們可不是落閘[3]上鎖了吧？」恬兒煩躁地用力頂著閘門，但是沒有用。

「這就要讓我來了。」馬騮丁說著，大步走近牆根。

「你……」恬兒剛說出口，馬騮丁已經像猴子似的，連跳帶爬地攀上了牆。

恬兒緊張地仰頭望著，不由得倒吸一口氣。

「來，抓住！上！」

馬騮丁一貓腰解開皮帶，遞給恬兒。

恬兒遲疑了一下，向四周望望，不見有人。

「快！快點啊！」馬騮丁低聲催促。

「來了！」恬兒向上跳，一手抓住了那條皮帶，隨即敏捷地攀爬到牆頭上。

兩個不大不小的身影，就像練習輕功的雜技小演員，冒險站立在高高窄窄的牆頭上，只是周圍沒有一個觀眾。

---

3 把鐵捲門拉下。

「你可以走了，我自己上去得啦。」恬兒對馬騮丁說。

馬騮丁卻不動，只是用手指著圍牆旁邊的一棵大木棉樹，那上面有一個黑乎乎的大木箱似的物件，說：「你進去，我看著。」

「有什麼好看的！你再不回去，你嫲嫲發現了，就麻煩了！」

「我家離她住的單位隔著好幾層樓，才不會發現呢。」馬騮丁還是沒動。

「那就隨你的便吧，我上去了。」

恬兒丟下一句話，便縱身向院子裡一跳，雙手和雙腿同時貼住了一棵粗大的樹，再爬向樹上那個黑乎乎的大箱子。

「啪啦啦……」

恬兒不小心踩斷了一些樹枝葉，引起腳下一陣響動，直落到最近的一間小平房的屋頂上。

「見鬼了，有賊！快來人，捉賊啊！」一個頭髮蓬鬆的女人，像彈珠似的蹦出屋外，尖著嗓子叫了起來。

附近一座小樓上，一些窗戶亮了燈，有人把頭探出來看。

馬騮丁緊張地握起了拳頭。

恬兒認出那個叫喊的女人，是她爸爸單位裡的一個打字員，不，現在是什麼造反派的小頭目，長得瘦巴巴的，人們背地裡叫她做「梅乾菜」。她原來是住在另一個宿舍大院的，有自己的丈夫孩子家庭。

但是，自從文化大革命[4]以來，造反派把爸爸的小書屋——那一間小平房「佔領」了，作為他們的「指揮部」之後，這個女人也就不分晝夜地把裡面霸佔了。因為這樣，在恬兒的眼中，「梅乾菜」成為世上最惡最惡的惡女人，她這麼晚才回來，就是不想見到這個惡女人。沒想到，一不小心，反而把惡女人

---

4 無產階級文化大革命，通稱文化大革命，簡稱文革，是1966年至1976年間，在中國境內發生的一場全國性政治運動。

驚動出來了，恬兒心裡暗叫不妙！

就在「梅乾菜」尖叫「捉賊」的當兒，一條高大的黑影從她身邊溜過樓房那邊去，恬兒看得真切，那是她爸爸原來單位的一個保安幹部，名叫何大勇，現在已經「進駐」了恬兒原來的家。他被人們叫作「大隻勇」，以前常常到恬兒的家來執行「保衛首長」的「任務」，也就是負責接送恬兒爸爸的保安工作。

可是，文化大革命一來，他第一個起來造恬兒爸爸的反，把恬兒爸爸拉去批鬥。現在，他成了「梅乾菜」的親密戰友，儘管人們說他在鄉下有老婆和孩子，可就是不見他離開這裡回鄉去探親，只見他日日夜夜往小平房裡鑽，常常和「梅乾菜」

出雙入對。這時候，他像一條獵犬似的竄到大樹下，舉起一枝手電筒，直向上照，那道強烈的光射得恬兒幾乎睜不開眼睛。

「恬兒不是賊，她是住在這裡的！」

馬騮丁不知從哪裡來的勇氣，不顧一切地叫出聲來。手電筒的光即刻尋聲射向他。

「大隻勇」發出怒吼：「下來！你這大膽的小鬼！」

「原來還有另一個小毛賊！快！抓住他！」「梅乾菜」大驚小怪地叫起來。

「跑！快跑！不要管我！」恬兒對著馬騮丁說。

馬騮丁怔了一怔，但很快就從牆頭上消失了。

附近的樓房上，一些窗戶亮了燈，幾個人向這邊探了探頭，議論紛紛：

「亂喊什麼捉賊啊？那不就是可憐的小恬兒嗎！」

「嘖，賊喊捉賊，偷了東西又偷人的大賊頭子，倒過來喊捉賊，這是什麼世道啊！」

「就是嘛，把好端端的孩子都逼成有家歸不得的小野人，還要怎麼樣？」

「說什麼？說什麼？是誰在說什麼反動怪話？」「梅乾菜」敏感地轉過身來，叉著腰，氣呼呼地向著樓房那邊喝斥。

所有窗戶的燈一下子全熄滅了，四周回復黑暗。

「警告你們，現在是史無前例的無產階級文化大革命向縱深發展的關鍵時刻，誰也不能亂說亂動！要不然，讓老娘查出來，決不放過一個反革命分子！」

「梅乾菜」的聲音在黑暗中聽來特別恐怖，四下裡完全沒有回應。

「大隻勇」把手電筒晃了晃，拍拍「梅乾菜」的肩，說：「算了，夜深了，明天再說。」

「哼，誰膽敢維護走資派的狗崽子，就絕對沒有好下場！」

「梅乾菜」還是氣呼呼的。

「大隻勇」悄悄地溜回了樓房。

「梅乾菜」這才「噔噔噔」地返回她的造反司令部——那個小平房裡去。

在黑暗中

所有的燈光，手電筒光都熄滅之後，院子裡特別黑暗。

恬兒獨自爬到樹上一個用木頭和鐵皮合成的箱子裡，也就是馬騮丁說的所謂「樹屋」吧。

箱子裡頭自然是比外面更加黑暗，真的是伸手不見五指。

但恬兒根本不需要看，就能一手摸到毛茸茸的醜醜——她的絨毛玩具小鴨子，順勢躺了下來。這樣，她那「嘭嘭嘭」地跳得厲害的一顆心，才稍微安定了一些。

這時候，恬兒想哭，但哭不出來；要生氣，又出不了氣，心裡覺得有一種說不出來的滋味，眼睜睜地呼著氣，一下一下地撫摸著醜醜，只覺得心中一陣陣的難受：可惡的「梅乾菜」跟「大隻勇」，居然把她和馬騮丁當作賊來辦！這兩個瘋狂的革命造反派頭頭，為什麼那樣憎恨她呢？

可是，恬兒記得很清楚，文化大革命爆發之前，他們完全不是這個樣子的。

一股涼涼的風吹過來，恬兒把醜醜抱緊了，說：「醜醜啊，你也不會忘記吧？我們最早見到的『大隻勇』，是什麼樣子的呢？」

嗯，那時候，他一走到恬兒家，差一點撞到了門框上，他的個頭真高大！爸爸讓恬兒叫他「何叔叔」，恬兒還沒叫出口，他就彎了腰，一下子把恬兒抱起來！醜醜當然應該忘不了，因為那一刻，它也正是被恬兒抱在手上。就是在那一刻，恬兒覺得這個高大有力的何叔叔威猛無比，連帶在他手上抱著的自己，也頓時變得高大威猛起來，真爽！

「嘩！你真『大隻』啊！把我們的小恬恬舉得高過頭啦！可要小心輕放啊！」

恬兒家的保姆七嬸在一旁拍手說。他果然輕輕地把恬兒放回地面。後來，爸爸帶恬兒去機關的俱樂部玩，音樂一響，大人們都成雙成對地跳起舞來。恬兒只覺得自己顯得特別小，小到好像不存在似的。就是這個何叔叔，笑嘻嘻地走到她的面前，彎下腰來，再把她抱到和自己的肩膀一般高，然後合著音樂的節奏拍子，跳起舞來！就這樣，恬兒一下子成了全場注視的焦點！她樂得心裡好像有一朵大紅花在開放，開放。這也許就是大人們所說的「開心」感覺了吧！高大威猛的何叔叔，還不斷地向大家稱讚恬兒活像小公主那麼可愛呢。

誰知道，就是這麼同一個人，在這「史無前例」的文化大革命一來，就完全變了樣。他戴上「造反派」的紅袖章，和「梅乾菜」等紅衛兵，造反派一群人，氣勢洶洶地闖入恬兒的家，

把所有的書櫃都用木板封條釘死了，說是什麼「破四舊」！恬兒和醜醜看得發慌又心痛：那些書，很多都是恬兒和爸爸媽媽心愛的呀！恬兒還曾經和醜醜定下計劃，要把全部的書都看一遍！可這下子，都成了泡影了，恬兒要哭也來不及哭……

「滾！小狗崽子滾到一邊去！」

一聲吆喝。把恬兒嚇得心驚肉跳。一抬頭，看見叫喊的正是何叔叔——「大隻勇」。他的一張臉陰沉沉的，像是變了形。緊接著，他一揮手，讓紅衛兵、造反派把恬兒家的字畫、藝術品砸的砸、毀的毀。恬兒嚇得渾身發抖，七嬸摟著她，不住地低聲歎息：「該煨了！該煨了！」[1]

當然，那聲音很小，比蚊子叫還要小。恬兒看不下去了，那個何叔叔——「大隻勇」的嘴臉變得太難看、太醜惡，她簡直認不出來！只有緊緊地摟住醜醜，閉上眼睛。

從那以後，恬兒一家就被「掃地出門」了，爸爸媽媽被帶到各個紅衛兵造反派組織設立的「牛棚」裡關起來，接受批鬥，用「梅乾菜」和「大隻勇」的話來說，他們一個是「走資本主義道路的當權派」；一個是「資產階級反動學術權威」，都是「牛鬼蛇神」，都要被「無產階級專政」。

---

1 「該煨」有倒霉、可惜、可憐的意思。

就這樣，連七嬸也被趕走了。起初，恬兒蜷縮在堆滿雜物的小平房裡過日子，沒過多久，「梅乾菜」要在這裡建立「革命造反派指揮部」，就不准恬兒進去了。

這時候，住在巷子尾的丁文光馬騮丁不知從哪裡弄來了幾塊爛鐵皮和硬紙箱，幫恬兒在大樹杈上搭起了小樹屋，恬兒和醜醜才有了這麼個棲身的地方。唉，醜醜呀醜醜，這個世界就像「大隻勇」的臉色，一下子變得那麼快、那麼壞，真叫人不明白，也受不了！

恬兒感到眼睛有些濕潤，就把醜醜貼在臉上，柔軟的毛毛使她有一種比較溫暖的感覺。要不是有醜醜陪伴著，她還不知道自己怎麼能熬過來哩。當然，還是有疼愛她的人，像七嬸吧，就偷偷地來看她，帶一些小點心、小餅乾給她。還有馬騮丁的嫲嫲，雖然整天掛念著被紅衛兵抓走的馬騮丁的爸爸媽媽，又要照顧馬騮丁，可老人家心腸特別善良，十分疼愛孩子，給馬騮丁做什麼好吃的，都會讓恬兒也吃一份。

醜醜啊醜醜，你和我在一起，曾經看過那麼多的書，但是，你也要知道，那些書上寫的故事，和眼下發生的事情，是多麼不一樣啊！恬兒我就是不明白，為什麼會有這樣恐怖的「史無前例」的「文化大革命」爆發？

還有，那些大人的變化，一天比一天嚇人，剛才他們講的許多話，恬兒都是聽不懂的：什麼「向縱深發展的重大歷史時刻」啦，什麼「沒有好下場」……至於那個「梅乾菜」污蔑自己是偷東西的賊，而別的人卻說她是「賊喊捉賊」——什麼「偷了東西又偷人的」，這話不知道是什麼意思，真奇怪！啊！還有那麼一句話，恬兒聽了怪刺耳的，說「把好端端的孩子逼成了小野人」，這不是明指著自己和馬騮丁成了小野人嗎？真可悲啊！事實上，他們不能上學、不能讀書，甚至不能回家，過的日子跟正常人相差太遠，也難怪在人家眼裡，都變得像小野人似的……

恬兒的眼淚又湧上來，直流到嘴裡去，苦鹹苦鹹的，感覺很難受。

醜醜的勸告

「嘎！嘎！」

「嘎嘎！嘎嘎！」

有什麼聲音在恬兒的耳朵旁邊響起來。她轉一下頭，只覺得臉頰被一種柔軟溫和的東西拂過，癢癢的，可又有說不出來的舒服感覺。

「是誰呀？在搞什麼？」恬兒夢囈般嘟噥著，再轉一下頭，卻不願意睜開眼睛——她實在有點喜歡這種感覺，甚至還想把它留住呢。

「嘎嘎！看看！是我，看看！」

那聲音變得清晰起來，毛茸茸的一團東西，貼上了恬兒的耳朵。

「哎呀，癢癢死了！」恬兒忍不住叫了一聲，睜開眼睛。

「嘎嘎！醒了！嘎嘎！」醜醜抖動著一身黃橙橙的絨毛，居然會開口對恬兒說話！

「怎麼了？醜醜，是你在說話呀？」恬兒驚疑得兩眼圓瞪，一點兒睡意都沒有了。

「嘎嘎！是我！醜醜，不變，不變！」醜醜跳到恬兒的胸口上，回答得很乾脆。

「醜醜，不變，不變！」恬兒聽到這話，感覺挺親切。

對了！她想起來了，那是她和醜醜一起在看安徒生童話裡的《醜小鴨》故事的時候，她曾經對醜醜說過同樣的話，並且為它取了「醜醜」這個名字，那就是說，這黃毛小絨鴨子，永遠也不會變成故事中的天鵝，只因為恬兒就是喜歡它那扁嘴大頭傻呼呼的醜樣子，才不希望它有朝一日會變成天鵝飛走呢！恬兒一心要醜醜永遠陪伴著自己，常常對它說那一句話：

「醜醜，不變，不變！」沒想到，它倒也能記牢了。

說實在的，早些日子，醜醜陪伴著恬兒看每一部書，陪伴著恬兒度過愉快的每一天、每一夜。恬兒相信，醜醜看書的時候，要比自己更加專心，吸收書本裡的知識，也會特別的好。就是它身上的每一條黃毛毛，都充滿了書中傳出的文化氣息哩。

「嗯，我知道了，醜醜，原來你平時不聲不響，卻是個足智多謀的知識小鴨子，這當然不會改變了啦。可是，外面的世界和人，卻變化那麼大、那麼快，又是那麼可怕、那麼壞！你說說，我們該怎麼辦？」恬兒抱起醜醜，憂愁地說。

「不怕，不怕！知識就是力量！」

「嗨，說得好聽，虧你還相信這個！我的醜醜，難道你不懷疑，這到底是不是真的嗎？」恬兒頓時覺得心裡像被塞進了一團亂麻似的，摸不著頭緒。

她問醜醜，也問自己：「我的爸爸媽媽，都是很有知識的人啊！還有馬騮丁的爸爸媽媽，以及那些被紅衛兵造反派批判鬥爭的『牛鬼蛇神』，他們全是所謂的『知識分子』，可碰上了『史無前例的文化大革命』，他們還有什麼力量？通通都被折騰得沒有人樣了。」

恬兒鼻子酸酸的，流出了眼淚。

「不會永遠是這樣的！」

醜醜一下跳到恬兒的鼻尖上，很堅決地搖頭說：「不會！

不會！」

它又抖起身上軟綿綿的黃毛毛，把恬兒流出的淚水拂去。

可是，恬兒還是不能相信醜醜的話。

她痛苦地搖搖頭，說：「你不要胡亂安慰我了，現在誰都不需要知識，誰有知識誰遭殃，還有什麼辦法？」

醜醜沒有馬上答話，只是跳到恬兒的耳朵旁邊，用微小的聲音說：「別忘了，造百鳥衣[1]，可以飛！飛！飛！」

1　百鳥衣乃流傳在中國民間的神話傳說，版本眾多，其中又以廣西壯族的百鳥衣故事最爲著名，就連陶淵明的《搜神後記》中亦有百鳥衣的故事。不同版本的百鳥衣傳說，除反映古代人類與自然萬物的關係外，亦揭示了壓迫與被壓迫者的鬥爭關係。

「什麼？」

恬兒大吃一驚，坐起來，瞪著醜醜問：「你說這話的意思是──？」

「嘭！」

有什麼東西落在樹屋的鐵皮上，把恬兒和醜醜的對話打斷了。

緊急「召見」

恬兒把頭探出樹屋外，看見天剛剛亮了，馬騮丁站在院子的圍牆外，舉起一把小彈叉，正向著她招手呢。

這個馬騮丁，這麼一大早來做什麼？難道他就不怕被「梅乾菜」和「大隻勇」發現，又要喊打喊殺的嗎？唉！他真是個不知死活的傢伙。

恬兒心裡擔憂著，也十分害怕，但她不能讓馬騮丁在那裡站太久，以免驚動了「梅乾菜」和「大隻勇」，便快手快腳地從樹上溜下來，開門走出去。

說實在的，如果能讓恬兒自己來挑選的話，她是一定不會挑上馬騮丁做朋友的。嘖，馬騮丁嘛馬騮丁，只要聽見這外號，就知道這傢伙有多調皮，簡直比猴子還要厲害！

調皮還不在話下，這傢伙不愛洗澡，不愛換衣服，完全不講究清潔衛生，身上老是有一股汗臭味，難聞死了。要不是那一年暑假，班主任指定要恬兒和馬騮丁組成一幫一，一對紅，她才不會理睬他呢。

馬騮丁卻很喜歡上恬兒的家玩。一來就在他住的同一條巷子裡，近便得很；二來恬兒家的院子大，樹木多，什麼黃皮樹啦、龍眼樹啦、枇杷樹啦……各種各樣的，還會結出甜香可口的果子來，誘死人了。馬騮丁怎麼能輕易放過呢？每一次他到了恬兒家的院子，待不到三分鐘，就往樹上爬，攔也攔不住。就這麼個馬騮——猴子一樣的傢伙，恬兒不止一次的想把他撇掉。但是不行，他總是死皮賴臉地要恬兒讓他上她的家去「玩一玩」，「回歸自然」什麼的，恬兒就是拿他沒辦法。

想不到，文化大革命一來，馬騮丁的爸爸媽媽首先出事，接著，就輪到恬兒家了。這下子，馬騮丁的嫲嫲，變成為馬騮丁和恬兒共有的，也是唯一的家長。事實上，如果沒有馬騮丁的嫲嫲照顧，恬兒可能早就餓死了。加上在這樣的非常時期，誰還顧得上講究什麼清潔衛生啊！恬兒索性把自己兩條美麗可愛的小髮辮剪掉了，變身為馬騮丁的「同志加兄弟」。在眼下學校已經完全停課，到處一片混亂的環境裡，他們兩個人在一起行動，倒也比較安全一些。

不過，恬兒還是想不到，馬騮丁這麼早來做什麼？現在沒有學可上，他往往都會睡到日上三竿才起來的呀。難道他忘了，昨天晚上被「梅乾菜」和「大隻勇」辱罵為「賊」的事了嗎？而且，把她和醜醜的對話打斷，也令她不快。

她悄悄地走出大院門，走近馬騮丁，沉著臉問：「發什麼神經？這麼早來做什麼？」

「哎呀，事情非常非常緊急，嫲嫲要我叫你馬上去她那裡！」

「嫲嫲？是什麼了不得的大事，會驚動她老人家的啊？」恬兒大吃一驚。

「這事情……」馬騮丁剛想說，又閉口不說，神色相當神秘。

「你快說呀！急死人了！」恬兒急得跺腳。

馬騮丁遲疑了一下，把嘴巴湊近恬兒的耳旁，低聲說：「在這不好說，我們快走吧！」

說著，已經走出幾步，恬兒便趕快跟過去。

他們兩個人，連奔帶跑，從巷子頭趕到巷子尾。

這裡有一座灰不溜秋、不高不矮的小樓房，馬騮丁的家和嫲嫲的家，都在這樓裡面。

他們急急走進位於低層嫲嫲的家。這是一個小單位，小小的客廳，帶一個小小的房間。雖然這是嫲嫲一個人住，屋裡收拾得整整齊齊、乾乾淨淨。

嫲嫲讓恬兒和馬騮丁進了屋，就把門鎖上，神情既緊張，又擔憂。她叫馬騮丁和恬兒分別坐在兩張椅子上，面對面地盯著他們，非常嚴肅地開口說話，聲音卻壓得很低很低：「我得到消息，紅衛兵、造反派今天要在市立大學搞一個文化學術界聯合批鬥會，我估計，恬恬你的爸爸媽媽，還有文光的爸爸媽媽，很有可能都會被帶去那裡。」

「真的嗎？」

恬兒全神貫注地看著嫲嫲，每一個字都聽得清楚，忍不住站起來說：「那我去到會場，不就能見到爸爸媽媽了嗎？」

她太想爸爸媽媽了，要是能見上一面，哪怕是下地獄，她也要硬著頭皮去一趟。

「是的，孩子。不過。你坐下來，先聽我說。」

嫲嫲讓恬兒再坐下，神色凝重地又說：「孩子們，你們知道吧，我們的家、我們的國，現在到了一個非常緊急的歷史關頭。」

嫲嫲的話很沉重，恬兒不由得坐直了身子，連呼吸也變得有些吃力了。

「我知道，因為爆發了史無前例的文化大革命。」馬騮丁說。

「可你們知道嗎？這文化大革命，到底是要搞些什麼名堂的？」嫲嫲又問。

馬騮丁搔搔腦袋，望望恬兒，一時不知該怎麼回答。

恬兒想了想，說：「紅衛兵，造反派說要破四舊、立四新什麼的……」

「這是跟著搞的人說的，但在後面策謀的人，安的是什麼心？以我看，這麼一個來勢洶洶的文化大革命，就是要革文化的命，革有文化的人，也就是知識分子，像你們的爸爸媽媽那些人的命，狠著呢！」

嫲嫲說著，眼睛泛出淚光。

恬兒的心，彷彿一下子被抓緊了似的，有點透不過氣來，眼淚也猛然湧上了眼眶。

「不要哭，我不怕他們！」

馬騮丁突然像長大了，變得像個男子漢那樣。

嫲嫲搖搖頭，說：「我一直在擔心，既擔心我們家、我們國，更擔心你們的爸爸媽媽。孩子啊，你們想一想，一個國家和人民，要是沒有文化、沒有知識的話，那還有什麼明天？還有什麼希望？我當初和文光的爺爺，千辛萬苦，在鄉村裡辦學教書，就是為了讓我們的孩子有文化、有知識，好讓我們的國家有美好的未來呀！後來，還想盡辦法，送文光的爸爸去外國留學深造，讓他去學習全世界最頂尖的學問，回來貢獻國家。沒想到，他現在卻成了革命的對象，天天被鬥來鬥去，就怕給那些仇視文化、仇視知識的人要把他……他們整倒了……不不不！孩子，你們這就去市立大學走一趟，替我看看你們的爸爸媽媽，弄清楚他們的下落。最要緊的，就是要讓他們也看得見你們，知道你們還是好好的！你們也是讀過書、有文化的人，是爸爸媽媽的命根子，我們家、我們國的未來，懂嗎？孩子？」

嫲嫲把手放在恬兒和馬騮丁的頭上，老淚也滴落在手背上。

「我懂。」

恬兒點點頭，應了一聲，就噎住了。

「嫲嫲，我都明白，你不要擔心，我們快去快回！」馬騮丁站起來說。

「那要加倍小心，和恬恬互相照顧，一起行動。來，把車錢帶上。」嫲嫲叮囑道。

馬騮丁點頭，伸手接過零錢。
這時候，恬兒也站起來了，剎那間，就像醜醜鑽到她的喉嚨裡來似的，衝口就說：「不怕的，我們會造百鳥衣。」
「你說什麼？百鳥衣？」
嫲嫲和馬騮丁幾乎同時說。
「是的，嫲嫲，你還記得嗎？這是你給我們講過的故事呀。我永遠也忘不了！」
「啊呀，恬恬，你不說，我還差點忘了呢。你這孩子，在這樣的時候，還會想起這麼個故事，真是聰明啊！」嫲嫲兩眼一亮，露出慈祥的笑容，眼裡的淚水，擠到眼角邊上去了。

「嫲嫲，你別擔心，我會牢牢記住的，還會想辦法讓爸爸媽媽都知道，我們沒有忘記的。」

「那就好。你們去吧，孩子，千萬小心。」

嫲嫲拍拍恬兒和馬騮丁，把他們送出了門口。

難忘的「百鳥衣」

按照嫲嫲的吩咐，恬兒和馬騮丁乘上開往市立大學去的公共汽車。

前面的路途，實在是很遠很遠，因為恬兒和馬騮丁的家，在環城河的這一邊，而市立大學卻是在另一邊。他們倆都從來沒去過。嫲嫲說了，乘公共汽車，大約有四十多分鐘的車程。

緊張啊，緊張，這旅程真是太緊張了！恬兒和馬騮丁擠在坐滿了也站滿了人的車廂內，緊緊地挨在一起，急得滿頭大汗，連呼吸也有些急促。

嫲嫲的叮嚀、嫲嫲的眼淚，一直不停地在恬兒的腦子裡晃動。她很想快些見到爸爸媽媽，可又不知道該怎麼和那些關押他們的人周旋、打交道，心裡有說不出的害怕。

「喂，你說的那個『百鳥衣』的故事，現在還能記得起來嗎？」馬騮丁忽然在恬兒的耳邊問。

「那當然記得，是你嫲嫲告訴我們的嘛。後來，我又在《中國神話傳說》裡看到過。說來也巧，醜醜今天早上還跟我提起來呢。」

「醜醜？就是你那隻古古怪怪的毛鴨子？它懂得什麼呀！」馬騮丁眨眨眼，搖搖頭。

「你不信就算，我可相信它看的書比你多，懂的也會比你多！我想，它現在提起這個故事，一定是有特別的意思的。」

「特別的意思？你愈說愈神了！可惜，我記不全那個故事了，你能從頭到尾的講一遍嗎？」

「現在？就在這裡講？」恬兒瞪大眼睛，反問馬騮丁。

「是的，我很想再聽一聽、想一想，你說的那個特別意思是什麼。你看，那邊有兩個空的座位，我們過去坐著，你講，我聽，好嗎？」

馬騮丁指著車廂後面。恬兒一看，有人下了車，空出了座位。她還沒作出反應，馬騮丁已經先行一步，走過去，坐下來，又向她招手。

於是，恬兒也去坐下了。

「怎麼樣？你可以開講了吧？」馬騮丁再次請求。

「你呀，這次可得好好記住了！」恬兒用手指點著馬騮丁的前額。

「一定！一定！那你就快講吧。」

「你嫲嫲說，這個故事，是在她的家鄉流傳了好幾百年的。說的是有一個姓張的孩子，家裡很窮，無親無故。他天天上山打鳥，所以，人們叫他做『張打鳥』。張打鳥常常唱著一支悲傷的歌：

青山千座萬座，我沒有手板大一塊，
良田千壟萬壟，我沒有碗口大一丘。
鳥兒喲，我不如你們自由，
魚兒喲，我不如你們富有……

這歌聲，鳥兒聽了鳥兒悲，魚兒聽了魚落淚。

張打鳥槍法很準，地上跑的、樹上站的、天上飛的，無不應聲倒下。但他有條規矩，雛鳥不打、益鳥不打、歌鳥不打，只打糟踏莊稼的鳥兒，得幾隻，夠糊口不再打。

仲夏的一天，張打鳥到清水潭邊，躺在木棉花下做了一個夢，夢見一個人面鳥身的人向他飛來，說明天正午，有兩隻鳥在空中搏鬥，要他射死黑鳥，救那黃鳥。

張打鳥醒來，覺得離奇古怪，半信半疑。

次日，張打鳥上山打鳥。正午時分他爬上山頂，向天邊望去。

一會兒，火紅的太陽給團烏雲遮住了，天空像口黑鍋，風一動，就下起雨來，密密麻麻的雨線中，果真有兩隻鳥在搏鬥，黑鳥擋、阻、攔、截，圈兒由大變小；黃鳥猛衝、拼殺，突不了圍，慢慢退卻下來。張打鳥看到這種情景，正義猶生，勇氣兀起，拉弓搭箭，嗖的一聲正中黑鳥腦袋，脖子一歪，翅膀收縮，兩爬朝上，栽進深谷去了。

風吹雲散，雨過天晴。黃鳥獲勝盤旋起舞，放聲啾鳴，頓時，百鳥飛來，千隻萬隻，滿天飛翔，爭相歌唱。張打鳥也不斷地歡呼、蹦跳。

那只黃鳥看到張打鳥面貌英俊、心地善良、孤苦零丁，便產生了同情之心。從此，它每天來到三省坡的清水潭邊，站在木棉花樹上娓娓歌唱：

咯，咯，咯快唧，

咯，咯，咯快唧……

三天五天，張打鳥不覺得這鳥的叫聲有什麼特別，日子長了，他慢慢地聽出了味兒，你聽，那黃鳥不是在說：

哥，哥，我愛你，

哥，哥，我愛你……

鳥學人語，人擬鳥音。張打鳥愈聽愈神，愈聽愈像。從此，像和情人約會一樣，張打鳥天天來到清水潭邊留連，聆聽那黃鳥的歌唱。後來，他把黃鳥逮住，做一個精緻的籠子，把它餵養起來，他總是不辭勞苦，到山裡找白蟻、捉蚱蜢餵黃鳥，隆冬季節還用甜酒調雞蛋餵黃鳥。他愛鳥如命，一次提鳥籠上山，跌了一跤，傷了腳，右手卻把鳥籠支起，毫無損傷。又有一次，河水猛漲，他把鳥籠高高舉在頭上泅渡過河，頭髮根都打濕了，可黃鳥仍然油光閃亮。

自從餵了這隻黃鳥後，就再不打鳥了。他拿起垂釣竿，上清潭邊釣魚去了。張打鳥出門後，那黃鳥就變成一位美貌的姑娘，把屋裡打掃得乾乾淨淨，沒點灰塵，然後架機穿紗，用張打鳥積下的羽毛編織百鳥衣。姑娘邊織邊唱道：

百鳥衣喲，百鳥衣，
百鳥的羽毛，百鳥的靈氣，
千針萬線縫起來喲，
阿哥穿上人更美……

張打鳥回來感到很奇怪。莫非隔壁嫂子幫忙？莫非隔壁鄰居二嬸關顧！……他向嫂子道謝，嫂子滿臉緋紅，他向二嬸賠話，二嬸只是搖頭。

第二天，張打鳥仍舊早早起來，帶上垂釣竿上清水潭去了。那黃鳥又變成一位美貌的姑娘，坐到織機上編織百鳥衣，姑娘邊織邊唱：

百鳥衣喲，百鳥衣，
百鳥的羽毛，百鳥的靈氣，
千針萬線縫起來喲，

好讓阿哥展翅飛……

張打鳥回來又感到很奇怪。

第三天，張打鳥又早早起來，帶著垂釣竿上清水潭去了。這天，他賣了一個關子，走到半路就趑回來了。張打鳥往門縫一瞧，一個比木棉花還美麗的姑娘又在編織那件百鳥衣：

百鳥衣喲，百鳥衣，
百鳥的羽毛，百鳥的靈氣，

千針萬線縫起來喲，
阿哥穿上跟我去……

吱呀一聲，張打鳥把門打開，那姑娘變成一隻黃鳥從窗戶飛出去了。張打鳥急忙攆去，攆到清水潭邊，那黃鳥撲通一聲，跳到清水潭裡去了。

失去黃鳥，張打鳥悶悶不樂。第二天一早，他就上清水潭尋找黃鳥去了。清水潭裡，波光閃閃，魚兒嬉戲。張打鳥投餌引誘，釣了半天，沒一條魚兒來含釣，好像今天下的餌子是毒藥，魚兒都跑開了。

月亮爬上山頭又掉進深潭裡。

張打鳥不甘心，再放一鈎，他多麼想把黃鳥鈎上來呀！

不一會，魚絲上的浮標擺動起來了，沉下去了，張打鳥很高興，滿以為鈎到了黃鳥，但鈎上來的是個大螺螄。張打鳥很不滿意，把牠放回潭裡去了。又放一鈎，鈎上來的還是那個大螺螄，他又放回潭裡去了。哪知道第三鈎鉤起來還是那個大螺螄，他覺得有些奇異，把螺螄放進笆簍帶回家中，養在水缸裡，他索性坐在水缸邊，看個究竟，坐到半夜，他睡著了，螺螄變成一位美貌的姑娘，從水缸裡悄悄地走出來坐到織機上編織那件百鳥衣：

百鳥衣喲，百鳥衣，
百鳥的羽毛，百鳥的靈氣；
千針萬線縫起來喲，
妹要和哥比翼飛……

織呀，編呀，天快亮了，張打鳥醒來，姑娘趕快往水裡跳，誰知水缸已被張打鳥蓋得嚴嚴的。姑娘逃不脫，變不了，只好實說：『救命恩人，我就是那隻黃鳥，要是不嫌鳥輩，願與阿哥結為夫妻。』

第二天，姑娘帶張打鳥上三省坡去，她叫張打鳥走在前面，每一步挖一鋤，姑娘跟在後面，每個凼放一片樹葉。隔天晚上，三省坡變成一片莽莽蒼蒼的林海，林中百花齊放，百鳥歌唱。姑娘把百鳥衣打開要張打鳥穿上。張打鳥穿上百鳥衣和姑娘跳起舞來，跳呀、跳呀，舞步愈跳愈輕，愈轉愈快，百鳥衣飄飄蕩蕩，好像一團旋動的彩雲，跳呀、跳呀，張打鳥和姑娘變成了一對鳳凰騰飛起來，飛到森林去了。」

恬兒一口氣把故事講完了。

馬騮丁望著車窗外面，眼裡好像蒙上了一層薄薄的霧，迷迷茫茫，不著邊際的，說：「這個故事很美，也很好聽。可是，現在怎麼也不會發生的了吧？到底還有什麼意思呢？」

「我記得，聽你嫲嫲講這個故事的時候，她就說了，當年為了送你爸爸去外國留學，她自己一針一線地趕縫四季的衣服，那種感覺，就像是給你爸爸做百鳥衣那樣。」

「那就是說，讓爸爸穿上了，就可以飛起來，變成鳳凰，飛到快樂的森林裡去。」

「也許就是這麼個意思吧，你爸爸去外國留學，成績優秀地畢業，學得了很好的知識，就像長出會飛的翅膀……啊對了對了，飛向知識的森林，也可以說是快樂的森林啦！」

「你想的和說的都不錯。可惜現在有知識的人，都是有問題的，甚至是有罪的人。看我的爸爸媽媽和你的爸爸媽媽，被硬關起來，還要被批鬥來批鬥去的，我都替他們難受，還有什麼鬼快樂的呀！」

馬騮丁愈說愈喪氣，頭一低，懊惱地用手抓著自己的頭髮。

「最近這個世界發生的很多事情，奇怪得很，也瘋狂得很，還不知道結果會怎麼樣。可你嫲嫲說，我在這樣的時候，還記得起百鳥衣的故事，就是聰明孩子。還要讓我們的爸爸媽媽都知道、都記得，這裡面一定是有特別的意思。」這回輪到恬兒在馬騮丁的耳邊說話。

不過他們也沒有再多說，車已到達終點站了，就和所有的乘客一起下了車。

文字變垃圾的校園

天上的雲層厚厚的、灰灰的，太陽露不出臉。從四周圍刮過來的風，一陣接一陣的，冷得很。

恬兒和馬騮丁要去的那間大學很大很大，進了裡面，他們兩個就顯得很小很小。

寬闊的校道，和大街馬路差不多，有橫的，也有直的。而這些道路，看起來幾乎都是一模一樣的，全是上上下下、重重疊疊的，布滿了黑黑白白的大字報和大標語。應該走哪一條路才對呢？恬兒和馬騮丁看來看去，也搞不清楚。怎麼辦？

「嗨，我們要不要找個人來問路啊？」馬騮丁和恬兒低聲商量。

「找誰問？你看那些人，會理你嗎？」恬兒指一下匆匆走過的路人，他們差不多都是一式的打扮，穿得灰塌塌的，緊繃著的臉上，沒有什麼表情。恬兒其實也不敢抬頭去看清楚那些面孔，她總記得，其中有的就和那天抄她的家，把她爸爸媽媽抓走的造反派、紅衛兵很相像，兇巴巴的，彷彿帶著一股殺氣。

「那……也真難說。」馬騮丁皺起眉頭，變得遲疑。

「這樣吧，我們看看最多人走去的一條路，很可能就是通向批鬥會場的了，就跟著走吧。」恬兒咬咬牙，說。

她的心裡實在很怕，又很難受。要是被人查問，要去批鬥會做什麼，那自己就很可能答不上來，說不定還會哭出來⋯⋯當然，這些話她暫時都只是藏在肚子裡，不會對馬騮丁講。

「只好這樣了。」馬騮丁說。

於是，他們跟著大群的人，走上一條兩旁貼滿了大字報的路。

這條路，本來應該是很寬的，路的兩旁，也種了不少樹。可是，在樹和樹之間，綁著粗粗的繩子，繩子上全掛滿了大字報，其中有些是舊的，有些是新的，一層又一層，繩子掛不住，有的就直接貼到了樹身上。

那些可憐的樹兒，被那些糊成千層皮似的大字報，累贅得直不起腰來。寒風一刮，那些脫落的枯葉子，和撕裂了的大字報紙片混在一起，落到地上打著滾，又被說不清的人腳步踩踏過去。

在恬兒看來，這裡的大字報寫著的各種各樣的字兒，雖然數量很多，卻都是難以入目的。因為那些字兒組成的詞語，寫的儘是罵人的話和醜惡的事。更別說字體寫得多麼難看了，其中有的（大部分是人的名字），還被打上了血紅的，或者是漆黑的X，看得人心裡發毛。可怕呀，這裡本來是高等的學府——大學，但是，眼前看到的文字，怎麼都變成了骯裡骯髒，令人難堪的垃圾呢？恬兒真是不明白。

「這……這是亂寫胡說！」馬騮丁突然叫起來。

恬兒一驚，抬頭一看，馬騮丁正站在一張新貼上去的大字報前，兩眼瞪得大大的，眼眸子好像要噴出火來。

恬兒急忙順著他的眼光看過去，那張墨汁淋漓的大字報上寫著：「打倒美國特務，反動學術權威丁浩輝！」就在「丁浩輝」幾個字上，觸目驚心地用紅墨水打上了一個大大的「X」。

難怪馬騮丁這麼生氣了！恬兒當然理解他的心情。可是，她看到周圍的人，有的正向馬騮丁投來奇異的目光，冷冰冰、

打倒黑帮分子
打倒美国特务丁浩辉

尖刺刺的。

她趕忙拉住馬騮丁，輕聲勸他：「別做聲，這裡不是講理的地方。」

「可我爸爸怎麼會是美國特務？他那麼愛國，全心全意的研究中國文字，為什麼要污蔑他？」

馬騮丁憤憤不平，握起了拳頭。

「殊……」恬兒嚇得用手捂住他的嘴巴。

「唔，唔，唔……」馬騮丁兩手舞動了一下，嘴巴卻暫時發不出聲音來。

但畢竟還是他的力氣比較大，一輪掙扎後，他終於把恬兒的手掰開了。正要發出抗議，恬兒卻比他早了一步，聲音發顫，連帶併出眼淚地慘叫：「有沒有搞錯？這……這……這真荒唐！」

馬騮丁聽在耳裡，就像被當頭淋了一桶霧水，即時反應不過來。

乾瞪眼看著恬兒，只見她的視線落在一張文字加漫畫的大字報上，生氣又驚懼。

那是一幅什麼亂七八糟的畫面啊，一男一女兩個人，摟抱在一起，好像是在跳舞，又好像是在玩樂，而在他們的腳下，開出一片片雜亂的花草，花草上面有蒼蠅在飛舞，有毒蛇在吐舌。最噁心的一行橫七豎八的文字，寫著：「文化界走資本主義道路當權派雲景山、反動學者鄒婷夫婦崇洋媚外，炮製修正主義大毒草。」

這不是指名道姓，公然醜化恬兒的爸爸媽媽嗎？醜陋的畫面，恐怖的罪名，別說是他們的孩子雲恬兒了，就是馬騮丁看著，也覺得像吞下髒東西那樣難受。

恬兒手腳一軟，跌坐在地上，無聲地哭泣了。

「豈有此理！怎麼能這樣亂寫亂畫亂罵人？」馬騮丁氣憤地伸出手，就要去撕扯那張大字報。

「小鬼頭，你要做什麼？破壞大字報，破壞文化大革命嗎？」一個穿著全套軍裝，戴著紅衛兵袖章，手拿一根警棍的人，向馬騮丁高聲呼喝，直衝過來。

馬騮丁先是一怔，接著，就像被驚醒了似的，一手拉起恬兒，發足狂奔。

拼命也要見爸爸媽媽

跑啊，跑啊，跑過了校道，跑過了大草坪，馬騮丁和恬兒，一直跑到一個大湖旁邊。又沿著大湖，跑到一個孤零零的亭子裡。

馬騮丁和恬兒，想著在這裡不會再見到那些惡狠狠、兇巴巴的紅衛兵了，才停下來，喘喘氣。

這裡距離校園中心似乎有點遠，所以，大字報也沒見幾張。

可是，在亭子當中有一個石頭碑，上面雕刻著的字跡，卻被人用鑿子或是大錘什麼的敲、砸得斑駁斷裂，面目全非。

天啊！這是什麼人做的？連這些不知什麼年代，也許是記錄這個亭子來歷，工工整整地刻在這些堅硬的石板上的文字也不放過。這個石碑，原本就是古老的文物，或許，以往人們都把它們叫做「國寶」的呢！可是，它們到底犯了什麼罪？現在，都被施了毒刑，遭受暴力敲打，傷痕纍纍。上面原有的文字，幾乎沒有一個是完整的。多麼可憐啊！如果它們有知覺的話，會痛死了，也哭死了。

恬兒只覺得心裡頭一陣抽搐般的疼痛難受，忍不住伸出手去撫摸那個飽受磨難的石碑。突然之間，嫲嫲的話彷彿就在她的耳邊響起來：「這個文化大革命……其實就是要革文化的命，革知識的命，革那些像你們的爸爸媽媽那樣的知識分子的命呀……」

「真受不了！他們太野蠻，太欺負人了！」馬騮丁氣呼呼地說，「我的爸爸，一向都是很愛很愛我們的國家。我聽嫲嫲說，當年美國的大學，要用很多很多的錢，聘請爸爸工作，他就是不幹，花了自己的所有積蓄，買船票回國，一心為了給國家作貢獻。他這樣的人，怎麼會去做什麼美國特務呢？」

恬兒也很憤怒，說：「那我的爸爸媽媽不也是被他們冤得厲害嗎？我媽媽翻譯爸爸出版的那些書，我敢說，全是世界上最好的書！有的我媽媽都給我讀過的，像《伊索寓言》啦、《安徒生童話》、《希臘神話》、《莎士比亞戲劇故事》等等，都是外國文學的寶貝啊！為什麼要把它們都污蔑為大毒草？這不是亂來嗎？」

「我看這個文化大革命，根本就不是個好東西！把什麼事情都顛倒了，弄反了，搞得亂糟糟的。」馬騮丁激憤地說。

「哎呀，我也這麼想。不過，你現在別說了。」

恬兒警覺地望望四周，然後壓低聲音說：「你和我的爸爸媽媽，被那些人關著，還不知道會把他們整成什麼樣呢。我非常明白你嫲嫲說的，文化大革命，是要革文化的命，革知識和知識分子的命，那怎麼會好得了？」

馬騮丁臉色大變，說：「這可真叫人受不了。也不知道我們的爸爸媽媽能不能熬得過去……」

說到這裡，他的聲音一下子沒了，是難過得不想說，也不敢說。

「別說了。我們現在一定要想辦法去見我們的爸爸媽媽，還得想辦法讓他們撐下去。」

恬兒的眼睛變得紅紅的，但說話的語氣卻堅定起來。

「對，我們快點走去批鬥會場，爭取早些見到爸爸媽媽。」

馬騮丁跳起來說。

「……各單位的革命造反派，紅衛兵戰友們請注意，全市文化界聯合批鬥牛鬼蛇神大會，馬上就要開始了！各路人馬，抓緊時間，盡快進場……」有擴音器的聲音在空氣中傳播。

「那我們也快快趕過去吧！」恬兒焦急地說著，就跑開了。

馬騮丁趕快跟上去。

「等一等！」馬騮丁忽然叫道，並且停下來，不再跑。

「怎麼了？」恬兒只好也停下來，問。

「我們這樣去，會不會是自投羅網？很可能就會被那些惡鬼紅衛兵造反派抓住的。」馬騮丁憂心忡忡地說。他的眼前晃動著那個喝罵他的紅衛兵揮動著的警棍，心裡實在還不住的後怕，好不容易才逃了出來，現在又跑過去，說不定就碰上了，那就白白的落入那個傢伙的手中，要挨警棍打了。

「是有這樣的危險。」恬兒氣喘吁吁地說，又搖了搖頭：「但是，顧不了那麼多了！我想，我們的處境，無論怎樣，也比不上爸爸媽媽他們那樣的差、那樣的險惡吧。而且，你嫲嫲不是要我們查明爸爸媽媽的下落，才讓我們來的嗎？反正今天見不到爸爸媽媽，我是不會離開的。」恬兒說著，眼裡泛起了淚花。

馬騮丁沒想到，恬兒說出的話，比自己還要勇敢，還要果斷，他心底裡有點不好意思，就拉了恬兒一把，說：「其實我也是這樣想的。快！我們快去！」

他們兩人又跑了起來。隨著那些匆匆忙忙的人流，趕到了批鬥大會的會場。

這是一個很大的露天廣場。這廣場的一邊，用木頭搭起了一個臨時的台子。許許多多的人，從四面八方向著會場中心聚集過來。

馬騮丁和恬兒擠在這不斷增加的人群裡面，他們不敢大角度地轉動，也不敢向人群的上方張望，只因為這裡的人們，大多數都有著冰冷如霜的面孔，也多多少少和那個揮動警棍、狂追馬騮丁的兇惡傢伙相似。事實上，在這裡也很難一個人跟另一個人分辨開來。

此時此刻，馬騮丁和恬兒的心裡充滿了恐懼，而唯一想見到的，是自己的爸爸媽媽。

「打倒反黨反社會主義分子，修正主義校長譚運鴻！」

「打倒走資本主義道路當權派雲景山！」

「打倒美國特務、反動學術權威丁浩輝！」

「打倒崇洋媚外的資產階級學者鄒婷！」

「打倒……把他們徹底打倒在地，再踏上一隻腳，叫他們永世不得翻身！」

頭頂上的擴音器，不斷地傳出嚇死人的口號聲，來勢洶洶，好比大海翻騰的波濤。

每一次聽到喊自己父母的名字，被強加上那些可怕的罪名，馬騮丁和恬兒就覺得心驚肉跳。他們日日夜夜想念著的爸爸媽媽，怎麼一下子就變成了罪大惡極的「牛鬼蛇神」？真是毫無道理。可是，在這樣的場合，他們不能做聲，甚至於不能交換眼神，只能把所有的驚恐和疑問，都死死地壓在心裡頭。

恬兒只覺得自己的身體微微地顫抖著，兩眼透過人群的縫隙，向著那個醜陋的木頭台子望過去，一顆心就像被一隻手無情地揪住，痛得一陣陣的鑽心。

「立刻把本市文化界的牛鬼蛇神押上台前，接受革命群眾的批判鬥爭！」擴音器發出惡狠狠的命令。

人群引起了大騷動，差點把馬騮丁和恬兒擠倒。他們用盡力氣掙扎著，才沒有跌倒，勉強的站到廣場的另一邊去，但也顧不了這麼多了，只管緊張地把目光投向木台子上。

接下來看到的情景，馬騮丁和恬兒情願看不到，卻不能不看：全市文化界的「牛鬼蛇神」，也就是資格很高的知識分子啦，眼前都像畜牲似的被繩子捆綁著，由紅衛兵、造反派推推搡搡地押到台前。他們的頭上，都戴著用舊報紙糊成的高帽子，上面寫著不同的罪名。而他們的脖子上，還掛著一塊又大又重的木牌子，各標出姓名，通通打上血紅色的「X」。他們本來是好好的人，現在全變成人不像人，鬼不像鬼的「牛鬼蛇

全市文化界牛鬼蛇
当权派
资本主义
云景山
反动学术权威
丁浩辉
崇洋媚外
邹婷
修正主义
谭运鸿

神」了。

馬騮丁和恬兒既害怕，又緊張，不斷地用目光搜尋自己的爸爸媽媽。

終於看到了！恬兒眼睜睜地看著，卻不肯相信自己的眼睛。啊呀！那真是她的爸爸嗎？他一向都是腰桿挺得直直的，頭抬得高高的，可現在頭、腰都被高帽、木牌壓低了，低得不能再低，簡直就是變了形，變得不像人形了。唉！

可是，媽媽，她的媽媽呢？

恬兒忍著不哭，繼續尋看。原來她媽媽正站在爸爸的後面，差點就認不出來。在她的心目中溫柔美麗的媽媽，完全「走了樣」，衣衫不整，頭髮披臉，就像乞丐那麼骯髒，那麼難看……恬兒看不下去，閉上了眼睛。

鬥！鬥！鬥！

「最高指示：革命不是請客吃飯，不是做文章，不是繪畫繡花，不能那樣雅致，那樣從容不迫，文質彬彬，那樣溫良恭儉讓。革命是暴動，是一個階級推翻一個階級的暴烈的行動！」擴音器傳出紅衛兵集體朗誦毛澤東語錄的聲音。批鬥大會正式開始了。

一個紅衛兵代表上台，慷慨激昂地「聲討牛鬼蛇神」的罪行。頭一個被聲討批判的，是這所大學的校長。紅衛兵代表指責他「只重學業，鼓吹走資本主義白專道路」，要年輕人大學生整天想著要成名成家。實際上，就是要為資產階級、修正主義培養人才。紅衛兵代表愈說愈氣憤，台下兩個造反派衝上去，把老校長的頭按到地上，又踢又打。恬兒看得頭皮發麻，她一手捂住自己的嘴巴，一手抓住馬騮丁，台上的人每動手打一下，她的心就緊縮一下。老校長就這樣被打得趴下了。

「將走資派、修正主義狗夫妻雲景山、鄒婷揪到台前來接受批判！」突然有人高聲喊。

恬兒的心「格登」一下，差點跳出了胸膛：他居然說自己的父母是什麼「狗夫妻」，真是太侮辱人了！恬兒氣得放開手，向前走。她同時也意識到，災難馬上就要降臨了！

緊貼在後面的馬騮丁，立刻拉住她的衣衫，她才沒有再向前行。

「打倒走資本主義道路當權派雲景山！」

「打倒修正主義學者鄒婷！」

人群發出雷轟似的喊口號聲。

恬兒的眼睛被一層淚水凝成的薄霧漫過。在朦朧中看到爸爸媽媽被造反派推到了台中心。

「大隻勇」突然出現了，他代表爸爸所在單位的造反派，控訴爸爸的「罪行」，包括怎樣走資本主義道路，娶了從外國回來的資產階級修正主義學者做老婆，又專門把她安排到出版社，翻譯、出版外國的封、資、修大毒草，毒害青少年和廣大讀者。接著矛頭一轉，指向恬兒的媽媽。說她的祖家就是外國的洋奴才，當年來中國，什麼都不帶，就拿回來一套毒草中的毒草——《大英百科全書》和《英漢詞典》。

「大隻勇」講到這裡，台下有人大叫：「剷除毒草！肅清流毒！」台上的「大隻勇」回應說，這些「毒草」已經被他們的造反派組織處理了。但雲、鄒這一對「牛鬼蛇神夫妻」，頭腦中的毒草還是存在著的。

「清除資產階級的餘毒，剃他們的頭！」台下有人狂叫。

剃頭？恬兒的心猛烈地一跳，差點站不住腳。

「剃頭！剃頭！剃頭！」台下的一群人，像要看好戲開鑼，擊掌叫嚷。恬兒不顧一切，衝出人群，跑到最接近木台的地方。

馬騮丁也跟了過來。

轉眼間，台上的一個紅衛兵拿出一把明晃晃的剪刀來。

「剃頭！剃頭！剃頭！」

台下的人叫得更響更放肆。

只見台上的紅衛兵，把恬兒爸爸媽媽的頭按下，取走高帽，又大力地揪著他們的頭髮——在這一剎那間，恬兒看見爸爸媽媽多日不見的臉孔，是那麼蒼白、那麼憔悴。

「叫他們夫妻互相剃！」台下有人叫起來。

啊！多麼惡毒的主意。恬兒的心被絞成一團，她顫抖起來，隱隱的，彷彿看見台上的爸爸媽媽，似乎也在顫抖著。

「雲景山、鄒婷，你們聽到革命群眾的呼聲了嗎！現在我命令你們，互相剪頭髮！」台上的紅衛兵威風凜凜地喝令。

完了！恬兒心裡暗暗地叫。她媽媽那一頭像絲一般柔軟亮麗的頭髮，永遠帶著淡淡的清新香味，是恬兒一出生就親近就喜歡的，眼看馬上就要被剪掉了、消失了……恬兒用兩個拳頭抵著自己的臉，就像被那把鋒利的剪刀剪到自己的肉上那麼痛。

「快！快下剪！」

台上台下的紅衛兵造反派一齊大叫。

兩個惡形惡相的紅衛兵，分別抓住恬兒爸爸媽媽的手，把剪刀硬塞進去，又舉起來，強迫他們互相剪頭髮。瞬間，黑色的、白色的、灰色的碎頭髮，紛紛揚揚，落到地上。恬兒的心也碎了。她淚眼模糊，看見台上的媽媽，落髮之後的面孔，似乎眼中有淚，但也奇怪地變得好像格外澄明，更不可思議的是，媽媽的目光，在這一刻，似是和她的目光交接在一起了，而媽媽的眼神，就像有一種堅強的定力，明明白白地傳過來一個信息：「我們沒有做錯，我們不怕。」

恬兒有些迷惘，更多的是身不由己。她居然向著爸爸媽媽舉起雙手，作出一個展開翅膀，向上飛翔的手勢。

「滾開！」

恬兒和爸爸媽媽幾乎同時被人推開了。

「把美國特務、資產階級反動學術權威丁浩輝和他的臭老婆揪出處理，鬥垮鬥臭！」

口號聲響起來，這一下，是要批鬥馬騮丁的爸爸媽媽了。

「打倒美國特務——」

台上的紅衛兵剛領呼口號，台下的馬騮丁就像小彈珠似的蹦跳起來，說：「不要亂喊，他不是美國特務，他最愛祖國！她也不是臭老婆，比你們誰都要香！」

「這小狗崽子發了瘋啦，嘻！」台下的人群發出了笑聲。

「別吵！別吵！」維持秩序的紅衛兵造反派制止道。

會場稍為安靜下來。

台上的紅衛兵代表又「控訴」馬騮丁爸爸的罪行：「他從美國得到特務機關授予的一條金鑰匙，披著文字專家、學術權威的外衣，潛伏回國偷取國家機密……」

「不准污蔑我爸爸！」馬騮丁怒吼一聲，竟然跳上了台，急急地大聲說：「那條金鑰匙，是我爸爸學習成績優秀的獎品，他不是美國特務！」

紅衛兵代表一揮手，喝斥道：「住口！小狗雜種，你知道個屁，快下去！」

「我知道！我知道！是我嫲嫲告訴我的！」馬騮丁拼命抗辯。

台下的人哄笑起來，會場有些亂了。

「把他帶走！」紅衛兵代表喝令。

「搗什麼亂？狗崽子，不想活了？」一個人揮動警棍，撲向馬騮丁。

是他！馬騮丁認出了，這人正是剛才追過自己的兇惡傢伙，他掄起警棍，劈頭蓋臉向馬騮丁打下去。

「不要打孩子！」馬騮丁的爸爸媽媽，還有恬兒的爸爸媽媽，都叫了起來。

恬兒忍無可忍，直衝上台，走到馬騮丁身旁，一下無情的棍擊。落到她的頭上，頓時，腦袋一片空白。

成了小囚犯

「把我們放出來！放出來！我要見爸爸媽媽！我要見嫲嫲！」

一連串的叫聲，把恬兒吵醒過來。她睜開眼睛，看見自己坐落在一間空置的課室牆角，門，卻是關閉著的。馬騮丁的叫聲，似乎是從隔壁傳過來。

「他媽的！小反革命分子，別亂叫！趕快說，你狗爹的金鑰匙藏在哪裡？」

「我不知道。」

「再不老老實實交代，老子斃了你！」一個惡狠狠的聲音在威脅。

恬兒嚇得跳起來。她想起那個殘酷恐怖的批鬥會，馬騮丁慘被警棍打，自己也挨上了。而眼下，被關在這個課室，或者就是臨時的囚室裡。難道那些對付我們，對付我們爸爸媽媽的紅衛兵、造反派，很快就要把我們處死嗎？

「不！我不要死！我不是小反革命分子！快放我們走！我不要死在這裡！」

馬騮丁的叫聲夾著哭聲，十分淒厲。

恬兒張開嘴巴，也想放聲大叫，但，不知怎麼的叫不出聲，只是滿眼的淚水，源源不斷地流出來。

「要吵翻天嗎？小混蛋！」

隨著這一聲怒罵，又傳來皮帶的鞭打聲、門的開關聲，馬騮丁哭叫得更加慘烈。

他們要怎樣處治馬騮丁？恬兒不敢往下想，不由得也哭叫起來：「不能殺人！不准殺人！丁文光，你要撐住……」

「砰！」

恬兒這邊的門被人大力地踢了一下。

那一邊，馬騮丁的叫喊聲卻愈變愈小、愈變愈遠。

壞了，他們要向馬騮丁下毒手，把他拉去槍斃了……恬兒的腦子裡閃過一個非常可怕的念頭，四肢發軟，欲哭無淚，眼前彷彿出現了以前看過的書和電影中，那些正義的人被判處死刑的場面。

天啊！怎麼會發生在這裡？發生在她最熟悉、最瞭解的馬騮丁身上？要是馬騮丁被槍殺了，那她自己的死期也就很近了……不！不！不！她不想死！即使世界變得再壞，她也不願意這麼白白的、冤冤的死去。她還要見她的爸爸媽媽，還有醜醜，還有醜醜說的百鳥衣，還有剛才批鬥會上聽到的《大英百科全書》……她還想起來，「大隻勇」說的，這些書被造反派組織「處理」了，不就是將它們封在家裡的書櫃了嗎？

她絕對不能這麼快就死，一定要把那些書想辦法搶救出來！當然，還有馬騮丁爸爸的金鑰匙，無論如何，也要告訴嫲嫲，好好地保存起來！

想到這裡，恬兒的眼睛一亮，彷彿被一道金光照耀，又有點像雷電閃過，激起了她祈求生存的力量。她伸出手，扶著牆壁，撐起了自己的身體，努力站起來，只是兩條腿還是發顫，沒有什麼力氣。

無奈的，恬兒癱坐到地上。

「哐啷！」

門忽然打開了。

「慘了！他們要拉我去槍斃了。」

恬兒痛苦地閉上眼睛。

「起來！小狗崽子！」

一個女人的聲音在喊。

恬兒睜開眼睛，看見一個女紅衛兵站在面前。

「我不想死！你們不能亂殺人！」恬兒拼命抗議。

「嘿！誰要你的小狗命啊？別亂嚷！你和那個姓丁的小狗崽子一起來，一定認識他的祖母。」女紅衛兵說。

「是的。丁文光怎麼樣了？他死……死了嗎？」恬兒緊張得幾乎咬著了自己的舌頭。

「亂講什麼？看來你們這些小狗崽子都是吃錯了藥的，莫名其妙。我是要你去通知那姓丁的祖母，來這裡把他領走，別在這裡吵生吵死的，胡攪蠻纏。」

「我可以去找嫲嫲，可文光他……本人現在為什麼不能回家呢？」恬兒大著膽子問。

「那小子太不知好歹了，叫他的祖母來，就是要這兩祖孫一起接受教訓。」

「可是，嬤嬤年歲大了，要她來這麼遠的地方，不……不是太好的吧？」

「少廢話！叫你去，你就去，別再囉嗦！」女紅衛兵不耐煩了，一把拉起恬兒，就往門外推。

金鑰匙

怎麼會這樣的？

恬兒坐在回家的公共汽車上，心裡充滿了悲憤的感覺。早上來的時候，她還是和馬騮丁在一起的，可是現在回去，卻只有她一個人，不知道馬騮丁會怎麼樣被處治了？還有嫲嫲，那些兇殘的傢伙，居然要嫲嫲這樣的老人家趕這麼遠的路，去接受什麼「教訓」，實在是不可想像的慘事啊！

金鑰匙！馬騮丁爸爸的金鑰匙，那些人硬說那是美國特務用來偷取我們國家機密的工具，還一直向馬騮丁追問它的下落。現在，他們要馬騮丁的嫲嫲親自來，會不會也是要向她查問這件事呢？

恬兒一想到這些，心裡就像被挖了個洞，根本沒有底，難受得很。

公共汽車一到站，她就直奔馬騮丁嫲嫲的家。

「恬恬，出了什麼事？」嫲嫲雙手摟著恬兒滿是淚痕的小臉蛋，急切地問。

「嫲嫲，文光被……被當作小反革命分子關……關起來了，嗚……」在嫲嫲的懷裡，恬兒放聲哭出來了。然後，把她和馬騮丁去市立大學遇到的事情，一一告訴嫲嫲。

「作孽啊，作孽，這文革把人都搞得像得了失心瘋，真是荒唐透頂！金鑰匙，一定是為了這個，才讓我去的。我們這一家大小，連小孫子，也要受大罪，實在是太野蠻、太豈有此理！」嫲嫲說著抹了一把眼淚。

「嫲嫲，那金鑰匙是怎麼回事，真的很要緊嗎？」

「孩子，這金鑰匙其實也不是什麼大不了的東西，不過就是你丁伯伯勤奮學習的一個證明，他本人也不怎麼看重，是我替他保存起來，只想告慰他的爸爸，就是文光的爺爺。」

接著，嫲嫲告訴恬兒，很早很早的時候，馬騮丁的爺爺，就在他們家鄉辦起了第一所學校，目的就是要讓中國的文化後繼有人，子孫萬代，都要有知識、有文化，好把我們的國家建設得強大昌盛。

馬騮丁的爸爸出生以後，他們從小就不斷地教育他。他也沒有讓父母失望，讀書的成績很好，考進了省城有名的學校。從此，他就一直對我們國家的文字非常熱愛，簡直就是入了迷一樣，成天到晚的埋頭研究，還真的研究出不少名堂。後來，連外國的高等學府也給了他獎學金，請他過去做研究。那時候，他和馬騮丁的媽媽一起刻苦鑽研，又認識了恬兒的媽媽，大家都是志同道合，都對祖國的文字文化有著濃厚的興趣。

不久，他們一起加入了一個學術研究會。為了表揚馬騮丁的爸爸，學會頒授給他一條金鑰匙。

可惜，他的爸爸，也就是馬騮丁的爺爺因病去世，沒能看得到。為了繼承父親的遺願，他拒絕了美國高等學府的高薪厚職，帶著太太，還有恬兒的媽媽，回到祖國，繼續做文字研究。

這一切本來都是好好的，馬騮丁的嫲嫲流著眼淚說：「萬萬沒想到哇，惡夢似的文革一來，他就被安上了那些什麼美國特務、反動權威的嚇人罪名，家裡被抄得像水洗一樣。我開始還不明白，到了現在才知道，他們是為了這麼一條只有象徵意義，根本不值什麼錢的金鑰匙。那些人的心腸太壞了，孩子，我這次去了，也不知道會怎麼樣。只是我也不能讓這金鑰匙白

白的落到那些蠻不講理、破壞文化、毫不尊重文化人的傢伙手裡！孩子，我就唯有把它交託給你了。」

嫲嫲說到這裡，檢查一下門鎖，才把牆上掛著的毛主席像拿下來。恬兒正在驚疑間，嫲嫲已經把像框拆開來，一條小小的，小得像恬兒的小手指那樣的金鑰匙，像變魔術似的出現在眼前。

「這就是丁伯伯的金鑰匙？」恬兒看得兩眼發亮。

「是的。我這就交給你了，恬恬。你想辦法藏好它，不要落在外人手上。我這一走，不知道什麼時候，還能不能回來……」

「媽媽！」恬兒伏到媽媽的懷裡，再次哭出了聲。

兩條鑰匙

送走了馬騮丁的嫲嫲之後，恬兒趕在黃昏日落之前，回到了她的小樹屋。

馬騮丁爸爸的那一條金鑰匙，一直捏在她的手裡。這可是一條看起來平凡，但絕對不可多得的金鑰匙啊。

恬兒小心翼翼地把它拿到醜醜的面前，說：「醜醜，你看一看、認一認，這一條金鑰匙，多麼美妙！馬騮丁他們家三代人的夢想都在這裡面啦。嫲嫲這麼信任我，把它交給我，你也要幫幫我的忙。記住了，我們這就把金鑰匙保存好，千萬不能出差錯，知道嗎？」

在微風中，恬兒看到醜醜的黃毛毛動了一下，她相信，醜醜是聽明白了自己的話的。她抱起醜醜，再提起它左邊的一隻翅膀，翅窩下有一條細細的縫。恬兒把自己小巧的食指伸進去，撐開來，再把金鑰匙放進去。然後，把黃毛毛理順了，完全看不見金鑰匙，才把醜醜的左邊翅膀放下來。

「好啦，從現在起，就好好地守住我們的秘密吧。」恬兒對醜醜說，舒了一口氣。

「咦，你好像還有話要對我說，是不？嗯，是百鳥衣的事吧？我已經對媽媽做了手勢。」

恬兒再次作出那個展翅高飛的動作，驀然間，眼睛一亮，又說：「啊呀，我想起來了！」

她把醜醜右邊翅膀輕輕掀起，伸出小食指到翅窩下，挖出一條銀色的小鑰匙。

把銀鑰匙拿在手裡，這是她原來的家的鑰匙。是七嬸讓她收起來的。她看著這條銀鑰匙，想了一想，探頭出樹屋外，向下張望。

天色暗了，黑夜馬上就要來臨。

恬兒又向小平房那邊看過去，那一扇門半掩著，但，有燈光。恬兒把醜醜放到自己的胸前，捂一捂心口上面，將「撲撲撲」地跳得厲害的心壓一壓下去。

時間似乎過得特別緩慢，恬兒忍著不動，眼睛定定的盯著小平房。

過了一會兒，那一扇門開大了，「梅乾菜」和「大隻勇」一前一後地走了出來，穿過院子，再出門外的大街上去。

恬兒的心跳沒有減慢，反而跳得更加激烈。她捏緊銀鑰匙，放下醜醜，看外面天已齊黑，該是晚飯時分，院子裡靜悄悄的，沒有人走動。

「再見了，醜醜。」恬兒輕輕地說完，無聲無息地從樹屋鑽出來，溜到了地面。

冒險尋寶

恬兒一踏上樓房的階梯，一顆心彷彿就懸空了。

這裡的一切，本來都是她所熟悉的。自從學會走路，不要大人抱，她就天天喜歡在這裡自己走動。

可是，這些日子，爸爸媽媽被紅衛兵、造反派抓走，「梅乾菜」和「大隻勇」佔領了她的家，這裡就變成了「禁地」。

當然，如果不是有特別的事，恬兒也不會想回來。沒有了爸爸媽媽，沒有了家，她深深地懂得，走在這裡的每一步、每一級，都會讓心裡發痛。

不過，現在她顧不了那麼多，心裡好像聽到以往的家裡有一個聲音在呼喚著她：「回來！快回來！救救我們！」

恬兒盡量把腳步放輕，手裡緊緊地攥住那條銀色的鑰匙，快而輕地走過樓梯，直到原來屬於她的家門口。

看看四周，沒有什麼動靜，只有一陣陣地飄過一些飯菜的香味。恬兒用力吞咽一口口水，她的肚子實在是很餓，但，有這麼重要的事情要去做，她不能不拼命地忍受著。

勉強控制住手的顫抖，她用鑰匙扭開了門，踮著腳走進去，再把門輕帶上。

屋子內黑茫茫的，一下子什麼都看不見。但她不敢開燈。儘管這樣，她也很清楚自己的目標。就像盲人摸索那樣，她也一定不會弄錯方向。

繞過「大隻勇」亂放一通的雜物，她摸到了依著牆壁的那一排書櫃。

這就是她的目標了。

喘一喘氣，她壓抑住心裡像大海波濤般湧起的激動。這些書櫃，全被橫豎交叉的木板封條封住，是紅衛兵造反派的「傑作」。不過，她卻很清楚地知道藏在這些書櫃裡的一個秘密，就是在靠牆的一邊，有一塊活動的櫃板。她伸出手，探進去，努力地摸著，摸著……

啊，應該就是這裡了！

恬兒差一點拍起手來。

她用盡全身的力氣，把那一塊木板抽出來。嘿，好得很！爸爸當初的這個特別設計，留下一條非常好的「後路」，書櫃裡的書有了「秘密通道」，可以不為人知地出出入入了。

她心裡暗暗叫好，又繼續摸索，掏出一本書來。

這是什麼書呢？她睜大眼睛看著，可惜，四周圍的環境太黑，根本看不見。怎麼辦？這不是要白費力氣了嗎？

她心裡非常焦急，一跺腳，站直了身子。忽然間，靈機一動，摸著牆壁，走向廚房。

她記起來，七嬸有一把手電筒，是預防停電用的，放在碗櫃上面。現在就不知道「大隻勇」有沒有拿掉。

唔，這是碗櫃了。她伸出手向上摸。可是，她的個子太小，把手伸得直直的，還是夠不著。她急得跳起來，一下，夠不著，再一下，還是不行，氣得她用腳亂踢地面。「啪」的一聲，有什麼東西應聲倒下來。她去摸了摸，喲，是一柄雨傘，正好！可以用得上。

她撿起雨傘，把彎彎的手柄當作鉤子，向著碗櫃頂探著、鉤著。

「噹！」

一把手電筒跌下來了，她成功了。

恬兒拾起手電筒，用手掌捂著，擰了開關，一道小小的光亮了起來。她趕快照照那一本書，封面寫著《中國神話傳說》。

好傢伙！這是她很喜歡的書，裡面有許多開天闢地、日月星辰的美麗故事。記得媽媽送給她看的時候，還特別說明，這裡面全是我們中華民族的文化寶貝哪！她急不及待的看，給她印象最深的，要數那一個倉頡造字的故事了。

傳說在開天地的黃帝治理天下的時候，有一個特別聰明、

中国
神话传说

特別得力的助手，那就是倉頡。他的樣子也長得很奇特，有一副龍的面孔，上面生著四隻眼睛，而每一隻眼睛，都有兩個瞳孔。那是多麼的厲害呀！一頭四眼八道目光，有什麼看不清楚的呢！

這個倉頡的記性還特別好，對任何東西、任何事情，都可以過目不忘。他看見當時的人們用繩子打結的方法記事，但已經不能適應需要，便決心創造文字。他細心觀察天地萬物，描繪鳥獸魚蟲的形態，創造出特別的符號，能讓人通過這些符號，表達心意，就是象形文字。倉頡造字，非常成功，連上天都降下一場粟粒雨來慶祝，只有鬼神感到不安，痛哭起來……多麼美妙的故事啊！恬兒喜歡倉頡，也感激倉頡，如果沒有他，就沒有這麼多好書看了。

當然，在《中國神話傳說》這本書裡，還有很多精彩的故事，連〈百鳥衣〉的故事也有呢。

借著手電筒的光，恬兒又找出另一本書，是《伊索寓言》。爸爸告訴她，伊索是一個很有智慧的奴隸，他把身邊的事，加上自己的想像，創作了很多故事，都包含了很多做人做事的道理。她也很愛看什麼〈龜兔賽跑〉啊，〈烏鴉喝水〉啦，有趣得很，還讓人想到一些有意思的道理，看來看去都看不厭。

接著，恬兒再找出一本《希臘神話》，從這本書裡，她知道了「奧林匹克運動會」的聖火為什麼要在希臘採集。還有巴黎的名字是怎麼來的。還有眾神千奇百怪的故事……等等。這個書櫃，真是個小寶庫啊！可惜被封了。

恬兒一心要找出最重要的，就是她媽媽不遠萬里，從外國帶回來的《大英百科全書》、《英漢詞典》，那是不是放在書櫃最上面？

「呼！嘭嘭！」

大門突然響起來。

恬兒的心一沉，呼吸幾乎停止。

「出來！偷書的狗崽子，你不想活了？」「大隻勇」的粗魯喝斥，簡直嚇破恬兒小小的膽子，她擁著那幾本書，癱倒在地上。

天與地之間

「揪出來！把偷竊毒草的狗崽子揪出來示眾！」

隨著「梅乾菜」的一聲令下，「大隻勇」像大麻鷹抓小雞那樣，把恬兒提了起來，帶到院子中央的大樹下。

恬兒又餓又驚恐，全身軟綿綿的，一點力氣也沒有。這時候，好奇怪，她忽然想起見到「大隻勇」，叫他「何叔叔」，被他一下子抱得高高的情景。同一個「大隻勇」，但現在看起來卻有著天和地那麼大的差別。

樓房的不少住戶，都聞聲走出來了。

「鬥垮鬥臭狗崽子！徹底清除封資修流毒！」一看見有人來，「梅乾菜」就尖聲大叫。

「大家來，革命群眾都站出來，參加現場批鬥會！」

「老子反動兒混蛋！大家來看看，這個走資派、反動學者的狗崽子，竟然膽大包天，入屋破櫃偷書。看，看！偷的全是封資修大毒草，一定要狠狠地批判鬥爭！」「梅乾菜」聲嘶力竭地指著恬兒從書櫃裡拿出來的幾部書：《中國神話傳說》、《伊索寓言》、《希臘神話》……

「大隻勇」接著說：「毛主席教導我們，凡是反動的東西，你不打，它就不倒。現在我們就要把它們打倒！來啊！把走資派老窩裡的毒草書通通搬出來，立刻燒掉！」

聽到這話，恬兒的身子一抽搐，竟然站直起來，衝口就說：「不要！不要燒書！」

「狗崽子，要反了？快把她綁起來！」「大隻勇」怒吼。

「梅乾菜」應聲拿出一條粗粗的繩子，三兩下就把恬兒捆綁起來。在另一邊，幾個造反派把恬兒爸爸書櫃裡的書，一捧一捧地搬出來。

恬兒看得真切，有那麼一整套的，硬皮精裝，她最想拿卻拿不到，媽媽當初飄洋過海，不遠萬里帶回來的《大英百科全書》。

「不要！不要燒啊……」恬兒拼命哭叫。

「把狗崽子的嘴堵住，點火！」「大隻勇」向造反派下命令。

隨著「啰嚓」的打火機聲，燃起一團熱烘烘的火，紅色的蛇舌，在火光中狂舞，迅猛地由幾條幻變成十條、百條，在書堆上亂竄、吞噬。熊熊烈火，直刺人的眼睛。

恬兒不得不閉上眼睛。

「完了，那些書完了。我也要死了。」

恬兒絕望地哭，卻哭不出聲，她的嘴巴已經被「梅乾菜」用一團臭烘烘的布塞住了，只感到熱、熱、熱，火舌撩起的熱浪，造成死亡的圍牆，緊緊地包抄過來、包抄過來……

「呼——呼——呼——」

一陣強大的風聲，在恬兒的耳邊響起。

熾熱的感覺，一點一點地正在消退。

風再吹了一下，聲音漸漸地變小了，風力也慢慢的減弱。

恬兒周圍的溫度，似乎回復正常，令人的感覺比較舒服。

就在這時候，一點清涼的水滴，灑到她的身上，令她全身變得輕盈，就像可以飄飛起來似的。

她睜開眼睛，卻被看到的東西嚇一大跳：呀！這是多麼古怪的傢伙呀！那一張臉，凹凸不平，好像被風化了千百年的岩石，沒有一寸一厘是平滑的。更加奇怪的，是它的眼睛，恬兒長這麼大，無論看真人真禽真獸真動物，還是看書看報看畫看電影，所有的頭顱和面孔上，都沒見過這樣生有四隻眼睛的。

而這四隻眼睛，竟然就是灑在她身上那些清涼水滴的來源。由於每一隻眼睛都有兩個瞳孔，「水源」特別充足，就像八支水喉向下淌水！

恬兒驚異萬分，全身一縮，但四肢卻不能著地，她才發現，自己是被怪傢伙托舉著的。

「把我放下來，請你！」恬兒說。

「不，危險！」怪傢伙回答，聲音好像打雷那樣響。它不但沒有把恬兒放下來，而且，還愈舉愈高，恬兒整個人，被怪傢伙托舉著，向上飛升、飛升，竟然飛到雲端之上！

在這期間，那個怪傢伙的四隻眼睛八個瞳孔，一直不斷地淌下大滴大滴的變成十條、百條，恍如水晶般、晶瑩剔透的淚珠。

恬兒的頭腦，在怪傢伙的淚水滋潤中，漸漸地變得清醒無比，她覺得眼前一亮，明白了許多，說：「等等。請問你……你是不是造字的倉頡，倉頡前輩？」

「唔，到底是聰明的孩子，生逢亂世，實屬不幸哪！」一聲雷鳴般的迴響，倉頡抱著恬兒，坐定在一朵雲上。

這事情來得太快太急了，儘管不知道前因後果，或許還是在夢中，恬兒還是很有禮貌地說：「謝謝你救了我。」

「不用謝。我是心痛啊，也很無奈。當初我造字的時候，真想不到會有這麼到處燒書毀字的一天，真是罪過啊，罪過！」

倉頡說到這裡，擦一把淚水，他的四隻眼睛八個瞳孔透過厚厚的雲層，掃視下方。恬兒順著她的目光，看到下面的神州，狼煙處處，除了「大隻勇」和「梅乾菜」，還有很多地方的造反派在燒毀書籍，大破「四舊」。

倉頡長歎一聲，說：「唉，想當年，我造字之初，驚天地，泣鬼神，一邊降粟雨，一邊聞鬼哭。萬萬想不到有這麼一天，已經進入文明歷史的人啊，竟然要自毀文明，把神州變成無書無字，或者是只有一書之國。輪到我這個造字者流淚了啊……」

倉頡說著，頓足大哭。

恬兒驚慌失措，不知道該怎麼做才好，只是看著倉頡的淚水化成了像水銀似的大雨，把近處燒書的大火淋熄了不少。

恬兒忍不住說：「倉頡前輩，你實在是很了不起，看，燒書的火都被你淋滅一些了。」

「這也不能解決大問題啊，唉。」

恬兒再想了想，說：「不過，倉頡前輩，你知道嗎？我是一個偷書賊。」

「我知道。」

「而且，我是一個失敗的偷書賊，不但偷不到書，還害得那些書被燒了。」

「我也知道。」

「可你為什麼還要救我，不去救那些書呢？」

「那些書嘛，說實在的，我也無能為力。不過，我知道你年紀這麼小就懂得愛護那些書，懂得它們的價值，也就是懂得我創造的文字的價值。這樣看來，我知道這個國家、國家的人民，還是有希望的。」

倉頡已經不再流淚，語調平靜而肯定。

這時，一個大膽的念頭，突然冒出恬兒的腦子，她對著倉頡的四隻眼睛，很認真地問：「前輩，經過這一場文革之後，你還會不會重新造字呢？」

「什麼？重新造字？」

倉頡的四隻眼睛八個瞳孔像星星似的一亮，說：「小妹妹，你這個提議很有創意。不過，我想我是不會了。原來我造下的文字，已經接近完美，而這些文字織造的中華文化，也有不少燦爛不朽的篇章。鳳凰，是經過火浴，才得到永生的。我想，而且我希望，我造下的文字也是這樣。」

倉頡的聲音如雷貫耳。

「鳳凰經過火浴，才得到永生。」這一下，恬兒的雙眸猶如月光般明亮了。她恍然大悟地說：「謝謝前輩指教，我現在明白了。如今有一個小小的請求，不知道前輩可會讓小妹妹如願以償？」

「你就直說吧，小妹妹。」

「請你把我送回剛才救出我的地方去。」

「什麼？我沒聽錯吧？那要冒很大的危險，你要回去做什麼？」

「拿材料，編製全·新·的·百·鳥·衣，做再生的火鳳凰。」恬兒的回答很堅決。

「呵！小妹妹，你真勇敢！那好吧，現在，請你把眼睛閉上，直到腳跟著地為止。」

倉頡撫摸著恬兒的頭說。恬兒感到心裡出奇的平靜，乖乖地閉上了眼睛。

鳳起

恬兒的耳邊響起一陣陣的風聲，身體變得就像雲朵那麼輕飄飄的，沒有一點點重量。

也不知道過了多久，恬兒覺得自己的腳踏在堅實的物體上，她明白，是到達目的地了。

恬兒睜開眼睛，看見自己正站在批鬥會的現場。

因為下過雨，這裡沒有人，只有一些燒過的書：有的書剛剛燒著了；有的差不多燒焦了；還有的燒掉了一些邊邊角角，剩下的書頁，像黑黑白白的蝴蝶，在風中翻飛。

恬兒一眼看到媽媽的《大英百科全書》，也有她喜愛的《中國神話傳說》，都燒得只剩下一片片的焦頁。

她好心疼啊，伸手就去撿拾起來，一片，半頁，兩片，一頁……

撿啊，撿啊，恬兒全力以赴，奔跑著、蹦跳著，爭取把每一張書頁的倖存紙片，都收集回來。

突然間，她被橫伸過來的什麼東西一絆腳，摔倒在地上，痛得咧嘴要叫，就在這一剎那，看見一張乾癟而兇惡的臉——

「梅乾菜」的臉，發出了令人起雞皮疙瘩的冷笑聲：「哼哼，你這頑固不化的小狗崽子，對封資修的書還這麼抱殘守缺的，是中毒太深了，不好好接受批判教育，就沒救了。快！給我起來！扔掉那些破紙片爛毒草！」

「梅乾菜」說著，提起絆倒恬兒的腿，向著恬兒的手踢過去。

「不！這全是寶貝，不是毒草。」恬兒緊緊地抱著撿回來的書紙，不肯放手。」

「梅乾菜」火了，大叫：「來人啊！小狗崽子要反了！」

「大隻勇」和幾個造反派應聲而來，二話不說，就如狼似虎地撲向恬兒。

「轟！」

一個響亮的炸雷，在大樹上爆開。電光火石之間，有一團黃橙橙的毛球掉下來。

在場的人們，都看傻了眼。恬兒卻看得很清楚，那是她的醜醜！

說時遲那時快，只見醜醜就地打了個滾，毛茸茸的身子迅速地變大、變長，變成像一隻鳳凰那樣的形體。

更奇怪的是，在這一息間，所有燒剩的書頁，就像鐵皮被磁石吸引那樣，一一的被吸到它的身旁，交織成一件很大很大的百鳥衣。

醜醜，不，它已經蛻變成一隻火鳳凰了，用嘴巴優雅地叼起百鳥衣，披到恬兒身上，然後，再把恬兒背了起來。

熾熱的風，從四面吹了過來。

「救命啊！救命！」

「梅乾菜」、「大隻勇」和幾個造反派，忍受不住，抱頭大叫。

恬兒和醜醜，乘風而起，向著高空騰飛、騰飛。那種感覺，真的就像經過火的洗禮，不死不滅。

文化大革命詞彙表

各位小朋友，若你對故事中出現的「文化大革命」相關用語感到不解或疑惑，本詞彙表或許可以幫助你噢！當然在互聯網世代，各位聰明的小朋友們也可以在網上搜尋更詳細的相關資訊。

● 一劃

一幫一，一對紅

文革時期人際關係中要求「一幫一，一對紅」，是互相幫助的意思，但亦有互相監察的實際作用。

● 三劃

大字報

大字報是張貼於牆壁的壁報，通常以大字書寫，是1950至1980年代流行於中國大陸的書寫形式，文化大革命期間常被用作批鬥工具。

● 四劃

文化大革命

無產階級文化大革命，通稱文化大革命，簡稱文革，是1966年至1976年間，在中國境內發生的一場全國性政治運動。

反動

可解釋爲「反革命運動」、反對社會轉型改革。在中國的文化大革命期間，「反動」一詞被大量使用來針對反文革人士。

牛棚

一般指養牛的地方，文革時期指機關、團體、學校、工廠、村鎮等自行設立用以拘禁知識分子的地方。

牛鬼蛇神

原是道教、佛教的術語，指陰間的鬼卒、神人等，後演變爲形容邪惡醜陋之物。文革期間專指要被打倒的人。

●五劃

白專道路

文革期間用於批判不問政治，只著重鑽研個人專業的行爲。

●七劃

批鬥

在文化大革命期間的一種政治運動形式，批鬥者常對有違毛澤東思想的人或事進行「批判」與「鬥爭」，當中包括文字批評、公然侮辱，甚至傷害對方身體。

走資派

是「走資本主義道路的當權派」之簡稱，文革期間激進分子將矛頭指向中國共產黨和中華人民共和國的各級領導幹部，許多幹部因此被抄家、批鬥、迫害。

社會主義

是一種政治、社會、經濟哲學，社會共同擁有生產工具的經濟與社會體系，主張政府計劃經濟，生產工具與材料應由國家或集體擁有，而不是私人持有。

● 九劃

紅衛兵

可理解爲「保衛毛主席的紅色衛兵」、擁護極左思潮的人群，他們並非統一的組織，而是派別林立，互不隸屬。

封建主義

封建乃源於中國古代皇帝將領土分封予宗室或功臣的制度，在此制度下，大地主或領主可從其所擁有的土地中行使政府職權及取得收入。

封、資、修大毒草

封建主義、資本主義、修正主義的簡稱，在文化大革命中被認爲是毒草，必須除之而後快。

● 十劃

造反派

文化大革命期間，以「造反」標榜的群衆組織、派系或個人，源自毛澤東「造反有理」的號召，反抗那些反對社會轉型改革的「反動派」。

破四舊、立四新

「破四舊」是指文革期間，以大、中學生紅衛兵爲主力，標榜「破除舊思想、舊文化、舊風俗、舊習慣」的社會運動。與「破四舊」相對應的是「立四新」，意指「樹立新思想、新文化、新風俗、新習慣」。

修正主義

修正主義嘗試修正馬克思的基本原則與社會革命論，在文革期間被認爲是偏離中國共產黨立國的初衷，企圖復辟資本主義。

● 十二劃

無產階級

可意譯爲勞動階級，指從事受薪工作的社會階層，他們唯一擁有具重要經濟價值的東西就是勞動力（工作能力）。

無產階級專政

指馬克思主義理論中，由無產階級統治的政體，用以主宰廢除資本主義邁向共產主義這過渡階段的統治，期間得壓制資產階級對社會主義革命的反抗力量，最終期望創建一個新的無階級社會。

●十三劃

資本主義

一種生產方式爲私有制，努力尋求利潤以增加私人產權的經濟體系，其核心特徵包括資本積累、競爭市場、私有財產、自由交易等。

資產階級

在馬克思主義中，資產階級被定義爲在生產商品的資本主義社會中，擁有生產工具的階級，他們可僱用無產階級替自己工作，以積聚財富。

百鳥衣與消失的文字

作　　者｜周蜜蜜
責任編輯｜吳凱霖
執行編輯｜謝傲霜
編　　輯｜陸悅
封面及內文插畫｜黃照達
封面設計｜Jo
內文排版｜王舒玗
出　　版｜希望學／希望製造有限公司
印製發行｜秀威資訊科技股份有限公司
總 經 銷｜聯合發行

希望學

社　　長｜吳凱霖
總 編 輯｜謝傲霜
地　　址｜臺北市大同區民生西路 404 號 2 樓
電　　話｜02-2546 5557
電子信箱｜hopology@hopelab.co
Facebook｜www.facebook.com/hopology.hk
Instagram｜@hopology.hk

初版一刷｜2024 年 6 月
定　　價｜350 台幣
I S B N｜978-626-98257-2-1(平裝)

國家圖書館出版品預行編目 (CIP) 資料

百鳥衣與消失的文字／周蜜蜜著 . -- 初版 . -- 臺北市 : 希望學 , 希望製造有限公司 ,
2024.06　面；　公分
ISBN 978-626-98257-2-1(平裝)

859.6　　113007059